掌心的祕密

文 瀧村有子　圖 藤田陽生子　譯 陳瀅如

小咪是個三歲的小女孩，
今年要上幼兒園了。
每天， 娃娃車都會來接小咪，
等娃娃車的時候，
小咪總是緊緊握著媽媽的手。

娃娃車來了。

老師走下車，滿臉笑容的說：

「早安！」

可是，小咪臉上沒有笑容，

也沒有說「早安」。

小咪坐在靠窗的位子，
嘴巴緊緊閉著，
看起來不太有精神。

聽老師說，小咪到了幼兒園，
也都閉著嘴巴不說話。
當朋友都在中庭玩，
小咪也只是站在窗邊看著……。

媽媽想：
「該怎麼讓小咪變得有活力呢？」
她想了又想，
終於想到一個好辦法。

隔天早上，

「小咪早安！

今天媽媽要送給小咪

一個活力小魔法唷。」

媽媽說完，拿起黑色的筆，

在小咪的掌心畫了一個☺圖案。

「如果圖案不見了，該怎麼辦？」

小咪擔心的問。

「這支筆寫的字不會消失，別擔心唷。」

媽媽笑著溫柔的對小咪說。

小咪背好幼兒園的書包後，
看了看掌心，
☺圖案還在。
小咪戴上幼兒園的帽子後，
又張開掌心看一次，
☺圖案也看著小咪。

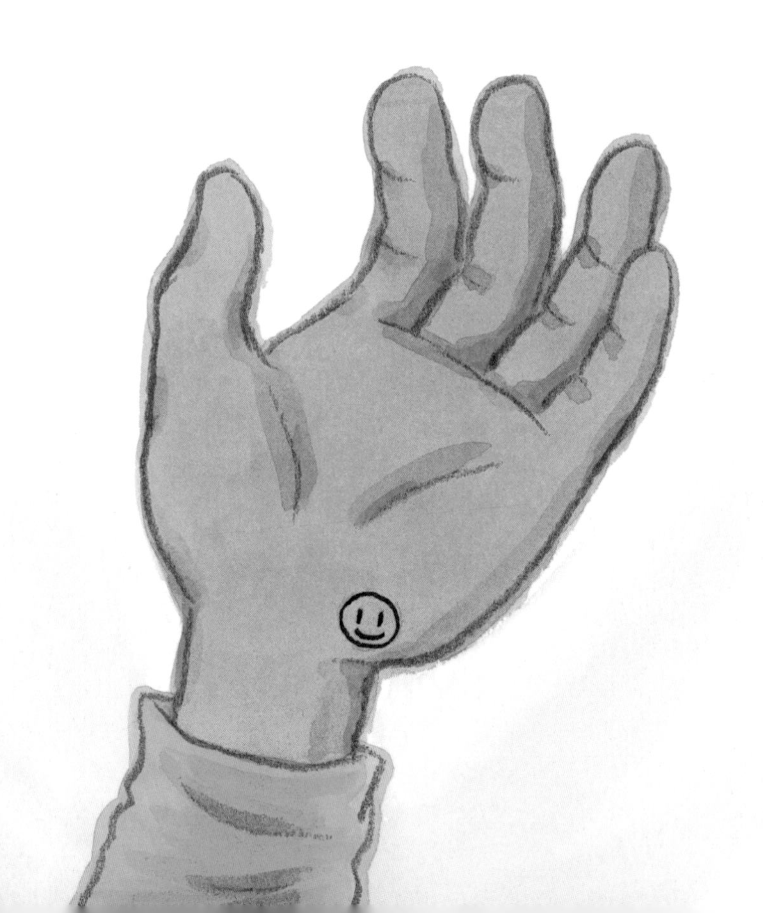

一如往常，娃娃車來了，
老師笑嘻嘻的向小咪打招呼：「早安！」
這時小咪也回答：「老師……早安……。」
聲音非常、非常的微小，
這是小咪第一次開口說「早安」。

隔天早上，小咪也小小聲的說了「早安」。

小咪坐上窗邊的位子後，

看見媽媽微笑的向她揮揮手。

小咪看了看掌心上的☺圖案，

窗邊有媽媽微笑的臉；

掌心上有☺圖案，

有兩個笑臉正看著小咪呢！

小咪露出了一點點笑容，

媽媽更開心的笑著揮手。

媽媽畫了好多次、
好多次的☺圖案給小咪。

小咪畫圖畫得愈來愈好了，
也比之前吃得下東西，
營養午餐只會剩下一點點。
大合唱的時候， 雖然聲音小小的，
但小咪也可以跟著大家一起唱了。

可是，小咪還沒有
跟大家一起到中庭玩過。
只是站在窗邊，
看著朋友們開心的玩。

是什麼原因呢？
因為害羞嗎？
因為緊張，心噗通噗通跳嗎？

有一天，媽媽對小咪說：

「今天的是一個特別的圖案喔！」

小咪問媽媽：

「特別的圖案是什麼？」

「就是一個不一樣的圖案啊！」

媽媽在小咪的掌心上

畫了一個圖案。

小咪嚇一跳，

「是正在哭的臉嗎？」

「是啊！是個想哭也沒關係的圖案唷！」

「真的想哭也沒關係嗎？」

小咪又問了一次。

「想哭的時候，還要笑嘻嘻的，

不是很辛苦嗎？」

小咪點了點頭。

「嗯，想哭的時候，還要笑嘻嘻的，

真的很辛苦……」

「所以，那是

『想哭的時候就哭吧！』的圖案。」

媽媽和小咪兩個人一邊看著

「想哭也沒關係」的圖案，

一邊微笑著。

娃娃車來了。

今天，媽媽也對小咪揮手說：

「一路平安。」

小咪微微笑，

也輕輕的揮了揮手，

媽媽再次用力的揮手。

到了幼兒園，小咪換上制服後，
站在窗戶旁邊看著中庭。
今天依然是個晴朗的好天氣，
同學小紀拉著小咪的手說：
「小咪，我們來堆一座山！」
小咪雖然有點緊張，
還是點點頭說：「嗯。」
小紀拉著她走到中庭。

有好多朋友都在中庭玩。

小可把水倒進沙堆，

整個沙坑變得一片泥濘。

大家把手伸進泥沙裡，

揉揉捏捏， 拍拍打打， 好熱鬧。

小咪也悄悄的

把手伸進泥沙裡。

泥沙摸起來黏答答的，

可是感覺好舒服。

小咪微笑的臉頰也沾了泥沙。

回到教室，大家都先去洗手。

搓洗乾淨後，要用毛巾擦乾時，

「啊！對了……。」小咪突然想起來，

「會不會不見了……。」

小咪悄悄的張開手一看，還在耶！

圖案還留在小咪的掌心上，

只是顏色變得比較淺一點。

「呵呵呵——」小咪笑了。

明明是想哭也沒關係的圖案，

小咪卻笑了，

感覺真奇妙。

奇妙，卻有趣！